沖で待つ
絲山秋子
文藝春秋

目次

沖で待つ

写真・装丁　髙林昭太

勤労感謝の日

何が勤労感謝だ、無職者にとっては単なる名無しの一日だ。それともこの私に、世間様に感謝しろ、とでも言うのか。冗談じゃない、私だって長い間働いて、税金もがっぽりとられて来たのだ。失業保険はかつて働いた分に応じて貰えるのだが、キャッと叫びたくなる程短期で少額だ。もちろん一緒に住まわせて貰っている母親には感謝している。働いていた頃のように月に五万ずつ――それだって一人暮らしの家賃や食費のことを思えば少ないが――家に入れることが出来ないのがもどかしい。失業保険はあと二ヶ月しか残っていない、その間に就職できる保証はどこにもない。

下沼通りの歩道は、長谷川さんちの庭だ。昔はふつうの一戸建てだったが、息子夫婦が家を改築してコンビニを始めてから、長谷川さんちからは庭が消えた。長谷川さんは旦那の仏壇のある家の中にいるよりも、コンビニの前の歩道にいる時間の方が長いような気がする。いつだっているのだ。裏に住んでいる私は、長谷川さんを無視してはどこにも行けない。三週間前のその日とて例外ではなかった。

ガードレールに沿ってずらりと並べたトロ箱のプランターに、その世代にしては背が高い長谷川さんは、身体を折り曲げるようにして、年代物のブリキのジョウロで水をやっていた。私の姿に気づくとすぐにジョウロを地面に置いてにこっと笑った。

「恭子ちゃん、身体の方はどう?」

毎日会っているのにいつもこの挨拶だ。もう治ったちゅうに。

「ええ、もうすっかり」

いつもの答をすると長谷川さんは満足気にエプロンのポケットのパイピングをそっとなぞった。それじゃ失礼します、と立ち去ろうとすると腕をつかまれた。

「そうそ、実はお宅に伺ってお母様に先にお話ししとこうと思ってたんだけど、あなたちょうどいいわ、ちょっとあがって」

母と長谷川さんは、未亡人同士ということもあってか、最近とみに仲がいい。違うところは、長谷川さんが悠々自適で孫までいるのに、うちの母は無職の婚期《いき》遅れを抱えて翻訳の仕事を続けているということだ。

本屋に行こうとしていただけなので、急ぐこともない、言われるままに長谷川さんちに上がる。一階がコンビニで、外階段から二階に登ると玄関があり、住居部分にな

っている。仏間の方へ行こうとすると、

「こっちの方が居心地いいでしょ」

と、ダイニングキッチンに通された。佃煮の匂いがした。私は紅茶が出てくるまで、キッチンバックに貼られた時代遅れの黄色い100角タイルを見ていた。

長谷川さんは私の命の恩人、と言ったら大袈裟だが、それでも恩人には違いない。二ヶ月前、長谷川さんちの前の歩道を自転車で走っていたとき、路地から一時停止無視で出てきた車にはね飛ばされた。車のスピードはゆるかったが、私は向こうの銀行まで一気に行こうとスピードを出していたので、目撃していた長谷川さんの話だと宙に飛んで、道路に墜落したらしい。運転していたのはまだ十九歳の女の子で父親のアウディA4に乗っていた。轢かれた人間が地面に転がって血を流しているというのに、小娘は突っ立ったまましめそめそするばかりで、その間に救急車の手配から、警察への通報、家への連絡まで全てやってくれたのが長谷川さんだった。ろっ骨にひびが入ったのと、目の横に七針の切り傷を作ったくらいで大事には至らなかったが、それでも嫁入り前の女の顔に傷がついた。傷ついたって美人は美人、と威張れるほど私は美人じゃないし、もともとどうしようもない顔なんだからノープロブレム、と言い切れる程のブスでもない。どっちにしてもそれから長谷川さんは私の恩人になった。

「これ、貰い物なんだけどいかが、結構美味しいのよ」

長谷川さんは甘ったるいミルフィユを出してきて、私は話って何だろう、仕事の世話してくれるんだったらいいな、と思いながら紅茶にミルクだけを入れた。仏間をちらっと見やると一体どうやって掃除をするんだろうというほど細かい装飾の施された金ぴかの仏壇がある。何宗だかはわからない。随分昔に旦那が亡くなったときの保険金でしつらえた豪華な仏壇だ。実のところ、私は生前の長谷川氏の姿をよく覚えていない。

「恭子ちゃん、もう三十六でしょう?」

と、長谷川さんが言った。

「ええ、そうですけれど」

「結婚するつもりないの?」

皆さん口ではそうおっしゃいますが、つもりとか主義とかじゃ世の中動きませんのよ。

「ええ、でもこればっかりはご縁ですから」

無職が恋人もいないのに永久就職しようなんて甘いよ。しかし長谷川さんは両手をこすりあわせて、一オクターブ高い声を出した。

「そうなのよ、そのご縁なのよ！」

げっ、と思うがそのまま逃げるわけにもいかない。

「いい人がいるのよ」

これ以上の上機嫌はないような顔をして長谷川さんは言った。

「それはもう、本当に親思いで、立派な方よ。ジャパンイースト商事にお勤めでね、あなたと二つ違いになるのかしら、今年三十八歳って言ってらしたから。しかもあなたの大学の先輩よ」

長谷川さんは見合いババアに化けた。コンビニをやっている息子の知り合いらしい。イケメンですかと聞いてみたかったがそれはこらえて、

「なんて方なんですか？」と聞いた。

「野辺山清さんっていうのよ」

野辺山、野辺山恭子、良くも悪くもない。鳥飼と大して変わらない。しかしウェディングケーキの上に書かれたkiyoshi & kyokoという字がなぜか頭に浮かんで胸が悪くなった。

あまり大袈裟じゃなく、ホームパーティみたいな感じで、と長谷川さんははしゃいだ調子で言い、私が事故にあった時と同じように素早く段取りをしてしまった。十一月二十三日、勤労感謝の日、大安吉日。完璧。

遅いお昼ということで、一時五十分に家を出て、母と一緒にお邪魔した。家から五十メートルも離れていないところまでハンドバッグを持ってパステルピンクのスーツを着て行くのは変な感じだ。

今日は佃煮は匂わず、長谷川さんが腕によりをかけて作ったローストビーフだのカニサラダだの小さなパイの中に入ったグラタンだのが、所狭しと仏間のお膳に並び、ビールや水割りの用意も整っていた。お手伝いしましょうか、と口だけで言ったものの本当に何もすることはなかった。いつも自分が作った地味な料理しか食べていない私はご馳走に心をときめかせた。一方で正座がもつのだろうかと不安になった。見合いであぐらをかく女なんて聞いたこともない。

結婚するしないは別として、いい男が来たらいいな、と思えば、そわそわするのが人情と言うもの、私は長谷川さんちの東の窓から通りを見おろした。外階段の下に、紫色のコーデュロイのジャケットを着た、やや太り気味の男が立っていて、ガムを噛んでいた。アイツじゃないな、ないといいな、ありませんように、と思ったら、私の念が引き寄せたかのように階段を登って来た。野辺山清だった。ドアホンが鳴って、女三人玄関にお迎えに出た。

玄関で靴を脱ぎながら野辺山氏はサラ金のポケットティッシュを取り出してガムを丸め、その柔らかい塊をズボンのポケットにしまった。危ないなあ、あれが服地にくっつくとドライアイスで取らなくちゃいけない、面倒なのよと、なんで私は所帯じみたことを考えているのか。あたりにはブルーベリーのガムの人工的な匂いが漂った。靴下は不思議な黄緑色だった。

野辺山氏はもぐもぐと挨拶しながら、駅のごみ箱で拾ったんじゃないかというようなしわだらけの京王デパートの袋の中から紅葉饅頭の菓子折りを取りだして、長谷川さんに渡した。私が堅苦しく挨拶すると、彼はどうも、と言った。それから彼は私を値踏みするように上から下まで見回した。そして私の下半身に目をやったまま、にへらり、と歯茎を剝きだした。笑いのレベルで言うと猿の方が断然かわいい。

野辺山氏は、敢えて表現するとあんパンの真ん中をグーで殴ったような顔をしていた。あんが寄ってふくれた部分に水っぽい眼と膨らんだ紅い唇がついていて、ほほは垂れ下がっている。髪が中途半端に伸びていて、洗ったのかもしれないがキタナイ感じだ。しかし愛があれば多少の不細工は補える。ここは礼儀としても人となりに触れてみよう。もしかしたらこんなご面相でも、すごいいい人かもしれないよ。

しかし、何を聞けばいいのだ。見合いなんてしたことがない。ギャンブルやりませんよねとか、変態プレイは困りますよとか、そんなこと、大事なことだが言えないし。頭のなかではコイツトヤレルノカ？ という声がする、うーん、極めて難易度が高い。しかし野辺山氏とて、考えていることは私と大差なかった。ただ彼はそれを第一声で口に出してしまっただけだ。

「スリーサイズ教えてくれますか」

「88―66―92」

野辺山氏はもう一度、にへらり、と笑った。

エンコーかそれとも家畜市場か。私もよっぽど、ちんこの長さと直径を聞いてやりたかったが、さすがに母と長谷川さんの手前それは慎んだ。そうやってその場を終わらせてしまった方が時間の節約になったかもしれない。

それにしても野辺山氏は透明感のある不思議な声をしていた。あの声でインド哲学でも語られたらどうしようと、私は少し不安になった。それは杞憂だった。

「お仕事は？」彼が聞いた。

「無職です」私は答えた。別に泥棒でも詐欺師でもない、日本に三百六十万人生息するまっとうな無職のうちのただの一人だ。

「僕って会社大好き人間なんですよねえ」

何とか大好き人間なんて言葉がまだこの世に流通しているとは知らなかった。しかも会社だよ、トンチキ野郎。

「お仕事にやりがいがあるんですね」母が言った。長谷川さんは満足気に頷いている。

「やりがいというか、やっぱりね、日本経済は結局僕ら大企業が支えているわけですよ。特にこういう時代ですからね、僕らがいないと成り立たないわけですよ」

それが通用しなくなってきたのが今の時代じゃないのかい。財界のエライ人は景気上向きなんて気休めを言っているが、このご時世、危機感持って仕事してない奴なんざ会社にとってもお荷物だろう。

「別にブランドを鼻にかけるわけじゃないんですけどね、でもやっぱり一流企業って一流じゃないですか。組織力って点でも人材の面でもね。中小とはわけが違う」

一流の名刺を持って着飾ったつもりか知らないが、王様は裸なのである。

野辺山氏はそれから自分の業務内容、商社マンとしての活躍ぶりを語った。早くも私は耐えるモードに入っていた。

「大きな商談がバッチグーって感じでまとまると、僕ってデキルのかなって」

いい年してんだから商談くらいびしびしまとめて当たり前だろう。しかし何を言ってもダメなような気がしてきた。金ぴかの仏壇を見やる。

「ご趣味は?」野辺山氏が質問を投げかけた。

「趣味という程じゃないですが、毎朝走ってます。あとはサッカー、FC東京のファンなんです。野辺山さんは?」

「もちろん、仕事が趣味です」

そう言って何がおかしいのかふへへへと笑った。そんなら一年三百六十五日、下らない見合いなんかしてないで働けよ、馬車馬のように。

惜しむらくは美しい声だ。でも鳥じゃないんだから求婚の歌を歌ったって駄目だ。企業賛美の歌なぞ聞きたくもない。

野辺山氏は食いっぷりが悪かった。もそもそ食べるのだが、すぐ残す。そして新しい小皿を取ってまた盛っては残す。実に見ていて気分が悪い。一番気になるのは、我々が絶賛した長谷川さんの手作り料理を美味しいと一言も言わないところだった。もし口に合わなくても、手料理っていいですねとか、言い方ってものがあるだろう。もしもまだ結婚する可能性がゼロではないとしたらそれは大事なことじゃないか。多分ゼロだけど。

「食べ物の好き嫌いはありますか？　どうしても食べられないものとか」

一応聞いてみる。

「全然ないんですよ。僕、コンビニのお弁当でＯＫだから」

自分が呼んだとは言え、長谷川さんが気の毒だ。それにしてもどういう趣味で私にこんな男を紹介しようと思ったのだろう。いくらもう女じゃないからってあんまりだよ、長谷川さん。

食い残しの料理をずらりと目の前に並べて、野辺山氏はもう終わり、と言うように、歯をせせった楊枝を真ん中で折って、灰皿に捨てた。それからどこかのスナックのロゴが貼り付けてあるピンクの百円ライターを取り出して、キャスターマイルドに火をつけたが、楊枝についた野辺山氏の歯くそと食べかすが燃えるニオイが漂ってきそうな気がして、私は顔をそむけた。

「結婚を考えるようになられたのは？」母が聞いた。

「転勤が近いからです。海外赴任です」

南極２号でも持ってきゃいいじゃん。そのために開発されたんだから。

また沈黙。母が気ぜわしく私にサインを送る。何か気の利いた話題を。私は無視する。

「恭子ちゃん、子供はお好き？」長谷川さんが引きとった。

「嫌いです」

不思議なことに、子供が好きという女性は優しく見えて、子供が嫌いと言うと意地悪に見える。もちろん子供は天使なんかじゃないとみんな知っている。汚いし嘘はつくしワガママだし愚かだし面倒くさくてならない。私は？　私は嫌な子供だった。例えばお年玉代わりとかで親戚とかに物をもらったりするじゃない、もらった瞬間から、意味もなく、この大人を一番がっかりさせることができることは何だろうと考えた。目の前でおもちゃを庭に投げるとか、壊すとか、ゴミ箱に捨てるとか、やったことはないけれどいつもそんなことを考えていた。私は子供と、子供時代の自分が嫌いだ。

窓から見える街路樹の銀杏の黄色い葉がまたひらりと散っていく。今日は長谷川さんが面倒を見ないから、トロ箱のプランターに落ち葉が積もることだろう。

「お仕事、なんでしたっけ」また野辺山氏が聞いた。

「無職です」聞いてなかったのか、む・しょ・く、と区切って言いたかったが長谷川さんの視線が気になった。

「関ヶ原電工に勤めてらっしゃったのよ。それに、英語が堪能なの。才媛なのよ」

と長谷川さんが早口でフォローした。そうそう、英語が喋れる南極2号。長谷川さんが思いついたナイスアイディア。

「無職って、職安に行くんですか？　女性なのに？」

「行きますすよ、行かなきゃ失業手当貰えませんから」

「へえー」

野辺山氏は、感心したような蔑んでいるような声を出した。そして低い声で、

「三十六歳か……」

と、呟いた。そうだよ、嘘いつわりのない三十六歳だよ。求人ヤバイんだよ。

確かに、会社員のときは私も職安なんて恐ろしいところというイメージがあった。山谷の炊き出しとの区別がつかなかった。その点で私は彼を責めることができない。世田谷に住んでいるのに、職安は渋谷にある。丸井の三叉路をパルコじゃない方に

歩いていった先の雑貨屋の裏にある。昔は雑貨を買う暇がなかったが、今は雑貨を買う金がない。僅かな手当金を貰うために、のろのろ楽しそうに歩いている若造たちの間をすり抜けていくのは苦痛だ。

職安のあの、マイナスのパワーに満ちた空気はなんなんだろう。最初に行ったとき、私はセリーヌの『夜の果ての旅』のバルダミュよろしく事務所の中をとっくり眺めてみた、彼は戦争に志願していったわけだが、私にとってのここも、まったくちんぷんかんぷんな場所だった。余計な個性を感じさせることのないオフィスには社会主義か、自衛隊としか思えないようなポスターが貼ってある。「労働は美徳」とか「やる気のある者は来い」といった手合いだ。有名な話だがアウシュビッツの門には「労働は人を自由にする」と掲げられていた。私は渋谷で01-01XXX-06という番号をつけられ「正当な理由のない自己都合退職者」と選別されている。事実、正当な理由などない。

父が死んで、通夜の後、来てくれた私の上司をよせばいいのに母が「供養ですから、ぜひ」と誘った。その席で上司である部長が母に下品なことをさんざん言い、挙げ句の果てに「奥さんさびしかったらいつでも」と言って私の生まれてきたあたりを触ろうとした。私は逆上してつかみかかり、気がつくと左手で髪を引っ張って、手近なビールの瓶で部長の顔を殴りつけていた、鈍い感触があった。暴言も吐いた。常々部下の自分の胸や尻に触るのは我慢してきたが母親に手を出すのは許せねえ、ましてやこういう日にやるのは人間じゃねえ、とかそんなことをわめきながら暴言を吐く自分に興奮して、ビール瓶を窓枠に叩きつけて割った。それを部長の顔に二、三回打ち付けた。もっとやったかもしれない。思ったほどビールの泡は出なくて、ただ、部長の濡れた、鈍重な動物のように悲しげな顔のどこからかもわからなかったが、淡く血の色が透けてきて、その頃になって私はいとこのお姉ちゃんに取り押さえられた。

警察沙汰にはならずに済んだが、忌引が明けて会社に行ったら机の上の電話とパソコンが消えていた。午前中、まっさらな机の前でじっと座っていて、午後になって総務に退職願の用紙をもらいに行った。全く、正当な理由のない自己都合退職だ。

そんなことを説明したって野辺山氏には判らない。人様に言えるような話じゃない。とにかく私は恥に小突き回されながら、週に一度悪夢のような渋谷へ通っているのだ。

もちろん、派遣に登録すれば働ける道は早く開けるが、せめて失業保険の出る間、私はまだ就職を夢見ている。

野辺山氏が美しい声で問い掛けている。

「恭子さん、ちょっと前にあった負け犬論ってどう思います?」

最後の話題がこれだった。負け犬の何とかって本のことか。

「知ってますよ。あれで言うと私は立派な負け犬ってことになりますね」

「そうじゃないんですよ、負け犬って自覚してれば許されるんですよ」

なんでこんなカスに許してもらわなければいけないのか。バカにしに来たのか。大体、初対面の相手に向かって負け犬とはなんだ負け犬とは。大企業のぬるま湯に浸かって鼻くそほじくってる奴に言われたかないわ。言おうと思ってやめた。今日はやめてばかりだ。あの通夜の日以来、母親は私がいつ発狂するかとびくびくしている。大丈夫、もう金輪際こいつと会うことはない。

時計を見たらまだ四時だった。

「出掛けますので、どうぞごゆっくり」

自分の家でもないのにそう言った。長谷川さんが、恭子ちゃん、という顔をしたが、玄関で野辺山氏の、横に白っぽい皺が何本もよってひからびたローファーを踏みつけてパンプスを履いた。

母親が外階段の踊り場まですっとんできて、

「どこに行くの?」と言った。

「とりあえず渋谷」

「誰と会うの」

「さあ、わかんない」

いいじゃんどこ行ったって、と思うが、母の脳裏にはどこかでビール瓶を振り回す娘の像が結ばれている。

けやき並木が地味に紅葉していた。けやきの若芽はみずみずしくてかろやかなのに、紅葉はなんだか埃くさい。

パンプスを鳴らしながら商店街に入るとクリスマスソングが聞こえた。サンタクロースなんていないってみんな十歳やそこらで判るのに、なんで残りの人生七十年間サンタクロースなんだろう。夢がある？　夢なんか見てる暇あるか。サンタクロースよ、もし存在するならば世界中の職安を回って、失業者達の親指に穴のあいた靴下に片っ端から条件のいい仕事を入れて回ってくれ。

駅の向こう側には、上沼町というクリスマスが大好きな新興住宅地があって、全世帯で豆電球を家の外壁に点滅させているが、電気はつけたら消せと習わなかったのだろうか。家電製品の会社にいたから気になるのか。夏場の東京電力があれだけ低姿勢で節電を呼びかけてもこのザマか。「上沼町に原発を」私は駅向こうに行くたびに思う。幸せは家の中でやってくれ。家の塀にぶらさげるのは「落とし物」とか「球根差し上げます」とかで十分ではないか。そしていつも思う。社会をどんどん俗悪なものにしているのは私の世代なのだ。小学生の名前の変遷を見れば歴然とわかる。このクツ世代がやっていることが。

とにかく、十一月になると商店街では花の形に電球の入った街灯に埋め込まれたスピーカーから一斉にクリスマスソングが流れる。ただでさえ寒いのに襟元がすうすうする。毎年腹を立てる私も変わらない。男がいる年もいない年も変わらない。ちょっと財布のなかを覗いてから、駅前のバス停で会社時代の後輩の水谷ゆかりに電話をした。

「こんちはー」水谷は嬉しそうな声を出した。

「あんた今暇?」

「暇っすよー。さっきまでビデオ見てたけど終わっちゃったし」

「出てきなよ」

「はいはいー。どこ行きます?」

「渋谷」

「いいっすね。なんか渋谷の鳥飼さんて、恵比寿の時とかと歩き方から違いますもん」

「なにが違うんだよ」

「肩で風切っててね、好きなんですよ」

「いいから来い」

「もっちろーん」

ノリが軽い。酒でも飲んでいるのか。

「私、今日機嫌悪いかもよ」

「鳥飼さんのフキゲンは慣れてますからあ」

水谷は笑った。いつまでも携帯で喋っていても何だし、本当に暇そうなのでマークシティの下まで呼びつける。

スーツの袖の中がごそごそする。ばばシャツなんて着なけりゃよかった。本当はセーターとジーパンに着替えたかったが、ああいう飛びだし方をするときはスタートダッシュが必要だからどうしても着のみ着のままということになる。日の丸をてっぺんにつけたバスが来る。中は混んでいて湿っぽく、つり革につかまって揺られながら汗ばんで気持ちが悪い。運転手は丁寧で、「信号停止です。お待ち下さい」とか「お知らせなければ通過いたします」とかいちいちマイクで言うが、そんなことよりもブレーキをもっと丁寧に踏んでもらいたい。「大変危険ですからバスが止まるまで席を立たないで下さい」って、元々立ってるんだよ同じ料金払って大変危険な中に。環境のためにアイドリングストップするのはいいが、エンジンの止まったバスの中では鉄の箱の中に押し込められていた他人同士の気まずさが膨れ上がる。いや、バスのせいじゃない。バスに対してこんなに不満を感じることは普段はない。この不愉快を、上着を脱ぎ捨てるように早く放り出してしまいたい。性格の明るい水谷にすがるような気持ちだ。

バスを降りて、小便臭い公衆トイレで、化粧を直した。手元が狂って下唇の右端から口紅がはみ出して、ティッシュで拭うと輪郭がうすぼけた。もっと自然な、いい表情を作ろうとしてみたが、だめだ諦めた。まあいいか、会うの水谷だし。

渋谷は最低だ。音、光、空気、ガキども、昔は不二家の前で角煮の腐ったようなにおいまでしていたが、最近さすがにそれはなくなった。私はいつだって渋谷が嫌いだが、クリスマスの時期はさらにひどい。だが今日みたいなださい気分のときに閑静な街は似合わない。この最低さがいいのだ。

揺れるものが視界に入って、意識をやると、抱きあったカップルの女の方が膝を曲げてゆらゆらしているのだった。この喧騒の中で発情しているのだろうか。ケダモノだって発情期にしかそんなにならんぞ。

水谷の小柄な姿が、人込みの向こうにちらっと見えた。こいつは歩くのが滅法速い。あっと言う間に人々をかきわけて私の前まで来て、遅くなりましたーと笑う。

「ごめんね、急に誘っちゃって」

「一歳《ひとつ》違えば虫けら同然って鳥飼さんいつも言ってるじゃないですかあ。飛んでいきますよ、いつでもどこでも」

「営業入ってるよ」

と、私が言うと水谷は嬉しそうにきゃきゃきゃきゃと笑った。水谷は可愛い。一番可愛いところはお尻で、次が顔だ。

水谷はこの辺りだったらボアイヤン・バーがいいんじゃないかと思いますと言うのでついて行った。やかましいバーだった。なんだかちゃちな椅子に座って、

「いやさ、今日ね、見合いしたのよ」と言うと、期待通り水谷は目を輝かせた。

「ええっ、お見合いですか。どんな人どんな人?」

「不細工」

「えー、写真見たいなあ」

女同士というのは何かというと写真だ。男同士はどうなんだろう。

「ないよ写真なんて。ちゃんとした見合いじゃないもの」

「鳥飼さんて面食いでしたっけ?」

「そんなことないよ。作りは悪くても愛着の持てる顔ってあるじゃん、でもそいつは見た瞬間気持ちがどんよりするような不細工なのよ」

「でも性格は?」

「『僕って会社大好き人間』だってさ」

吐き捨てるように言うと、水谷は同情するようにため息をついてみせた。

「急に見合いなんて、結婚したくなったんですか」

「全然したくないよ。シガラミだよ。でも途中で出てきちゃった」

水谷はまたきゃきゃきゃと笑った。そして昔、私が会議中に「こんな下らない会議やってられません!」と怒鳴って出ていってしまった話を蒸し返した。

「国連脱退の松岡洋右みたいでした、カッコよかったなあ」

「いつの時代だよ、四十二対一かよ」

水谷はジントニックを飲んでまた笑った。

「ああいうの見るとさ、私本当にまた企業に戻りたいのかって自信なくなってくるわ」

「入っちゃえば迷いは消えますよ」

水谷は、会社を辞めて畑違いの旅行代理店に就職した。旅行ガイドになって、結構それなりにやっているらしい。

タコスとカルパッチョを二人でつついて、昔の仲間たちの話をした。

「結局あの頃の総合職ってみんなやめちゃいましたよねえ」

「やることが見つかってやめた奴は幸せだよ。私みたいに路頭に迷ってるのはどうしようもない」

「仕事選んでるからでしょ?」

「そりゃ、職業選択の自由ってのがあるだろ。失業者ならどんな仕事でも有難くするべきだって思う方が間違いだよ」

総合職の中でも最も平等に扱われる会社を目指して、内定を貰った時は相思相愛と思ったが、蓋を開ければ女子は旧帝大と早慶の経済か法学部しかいなくて、結局学歴逆差別で入っただけか、と失望した。バブル入社と言っても女の子は枠が少なかったから内定を取るのに苦労した。楽勝は男の子だけだった。もちろん今の学生はもっとキツい。仕事がない。我々の世代には苦労を語る資格は与えられていない。

入社して配属部署が決まって上司に挨拶に行くと、最初に「女性らしさを生かして仕事をしてください」と言われた。それでやっと気がついた。私は自分が犬だと思っていない犬だった。野良で育ったのに愛玩犬だったのだ。今思うと、上司は女性総合職なんてどうやって使ったらいいのか判らなくて気が重かったんだろう。

「バブルでしたねえ。私達バブルの副産物だったんですかねえ」

「でも、水谷よりちょっと下、三十前半とかになるともうわかんないじゃん、バブルって。いい思いしたんでしょって恨まれる、けど、死ぬほど働いたんだよね、うちら。なんもいい思いなんかしてない」

「働きましたね、午前様ばっかりでしたね」

新商品がどんどん出て、それがじゃんじゃん売れて、調べものや工場、物流とのやりとりをするだけであっという間に二時、三時になった。

「早く上がった日は終電で飲みに行ったりもしたよね」

「行きましたねえ。飲みましたね朝まで」

「楽しかったし、仕事は好きだったけど、先が見えちゃったんだよね。『女性初』なんて冠のついた部長や支店長になってもさ。マネージャーっていっても辛そうな人ばっかりだったよね」

「女って考え方のスパンが短いから、次々目標がないと失速しちゃうんですよね」

それはあるかもしれない。

「鳥飼さん、仕事で憧れってありました？」

「憧れ？」

「社内じゃなくても、この人みたいに働きたいとか、こういうふうになりたいとか」

「ない。一度もなかったね」

「私もなかったです。これって私達の不幸ですよね。総合職という場は用意されていながら誰もビジョンなんて持っていなかった」

憧れなんて、これからだってないんだよ。もう、私達の額には「私は他の女とは違うのよ」という生意気な刺青が刻み込まれていて、何度顔を洗ったって抜けないのだ。それが二十二歳だったら良かったかもしれないが、三十五を過ぎたらただの扱いにくいおばさんだ。どれだけキャリアがあろうが、社会常識に長けていようが却ってそんなもんは徒になるだけだ。それを打ち消すものがあるとしたら、資格くらいのものだろう。残念ながら私は語学以外の資格を取らなかったし、英語が得意な女の子なんざ毎年わさわさと湧いて出てくるのだ。英語なんて会社で一度も役に立ったことがない。毎日、お客様直通ダイヤルの電話の前に座って、やれ器具が壊れただの、部品の値段が高すぎるだのとクレームを聞いていただけなのだ。

しかし営業出身の水谷にはまだ、私にはないものがある。そう信じたいが、今はガイドで頑張ってるこいつにさえも、総合職をやめた女に共通する脱力じみた孤独感が漂っている。

水谷が言った。

「鳥飼さん、おカイコ飼ったことありますか?」

悲痛な面持ちだった。

「ないよ」

「え、ないんだ」

「桑の木がないじゃん、うちの辺りなんか」

「そっかあ、私田舎だったから、子供はみんな最初はアゲハを飼って、次がおカイコだったんですよ」

「アゲハならあるよ」

アゲハって棒でつつくと臭いツノ出すんだよねえ、と言おうとしたが、水谷はそんな余裕を与えてはくれなかった。

「アゲハはいいんです。アゲハでやめとけばよかったんです。おカイコはいけません。毛蚕《けご》はみっともないけど、どんどん脱皮してかわいくなってくるんですよ。もりもり食べて大きくなって、真っ白いむくむくしたおカイコが話しかけると首をかしげたりして、それはもう、すごく愛しちゃうんです」

「虫めづる姫君か」

「それから口から細い絹を吐いて繭を作るじゃないですか、なんとも愛おしいんですよ。繊細で、きれいで、うっとりします。自分もあんな繭の中で眠りたいとか夢見るんですよ」

なんで水谷はそんな話をはじめたのだろう。なんでこんなに必死なんだろう。

「いいじゃんカイコ、面白そうじゃん」

「違うんです聞いて下さい。あの美しくてつやつやした繭から蛾が出てくるときが最低なんです!」

「ああ、カイコって蛾だったね」

「もうそれが、みっともなくて毛深くて、太ってて、動きが鈍いのにばさばさ飛んで、どうしてあのおカイコがこんな醜くなっちゃったのか信じられないんですよ。それだけじゃないんです、自分が出てきた真っ白で綺麗な繭の上におしっこかけるんです。もう台無しなんです、全てが」

「はあ」

「子供は、そこで人生を知るんです」

水谷は真面目な顔で言った。私は吹き出した。

「やな人生だね」

「他人事じゃありませんよ。私達もう、カイコ蛾になっちゃったんですから」

水谷は一息ついて汗を拭いてから、トイレに行った。彼女が自分の繭に小便をかけているような気がして、急に酒がまずくなった。戻って来たら話題を変えよう。

「入社するときの最終面接覚えてる？」

「いやあ、覚えてないですねえ」

「『あなたの人生の目標はなんですか』って聞かれるの」

あ、これをさっきの野辺山氏に聞けば良かったなと話しながら思った。

「ええー、そうだったかなあ。鳥飼さんなんて答えたんですか？」

「『長生きです』って。そしたら晩に電話があって内定が出たんだよ。なんだったんだろ」

「今でも変わんないんですか？」

「うん、何があっても長生きしたいね」

別に長生きをして何がしたいわけじゃないけれども、私は死ぬのがイヤだ。まして人より早く死ぬなんて勿体ない。たとえ葬式に来てくれる友達が全員死んでしまっていてもかまわない。友達なんて死んでしまえば関係ない。

「変なのー」

「私は無意味に長生きするから、あんたはオトコと子孫繁栄でもやってなさい」

そう言うと、水谷が小さく嬉しそうな声をあげて、

「実は私、明日から箱根なんです」と言った。

「ハコネー？　オトコと行くの？」

「ええ。やっと休みとれたって言うんで。私も休み合わして」

水谷には新宿のタワーで働いている四つ年下の彼氏がいる。ほっそりしていて結構かわいい。水谷の言うことなら何でも聞きそうだ。

「けったくそ悪いなあ」

「富士屋ホテルでランチして、温泉に入ってビール飲んで一泊です」

水谷はほほほと笑った。旅行が仕事なのに、休みに旅行して楽しいらしい。

「あんたさあ、それ」

私は言った。

「人生のピークだよ、ピーク。あんたが死ぬ前に走馬灯が回って、一番楽しかったのはあの箱根旅行だったなって思うんだよ」

「ええっ、箱根でピークなんですか？　ちょっと待って、勘弁してくださいよ」

水谷が焦った声を上げたので私は気分が良くなって、彼女を解放した。よろしい、ハコネでもニッコウでも行きたまえ。また飲もうね、と言って、有象無象の並ぶバス停の最後尾に付く。

箱根か。オトコがいるのはいい。自分で排泄をするから犬を飼うほど面倒じゃないし、いつでもセックスが出来る。面倒なのは別れるときくらいだ。

この前キスしたのはいつだろう。この前セックスした時だっただろうか。思い出せない。確実なことは、この状況はキス一つじゃ何ともならないということだ。

何か釈然としない。何もかも釈然としない。

家に帰ったら母からさんざん責められることだろう。相手の体面も考えなさいと、長谷川さんになんてお詫びしたらいいのと言われるだろう。まあいい、長谷川さんに救われはしたが、長谷川さんのための人生ではないのだ。

水谷と別れたときには、まだ母が起きて鼻眼鏡で机に向かっているかもしれない時間だった。バスに揺られて帰ってきても、何かまだしっくりいかなくて、帰って黙って冷たい布団にもぐり込む気がしなくて、近所の飲み屋に行った。喜三昧という中華料理屋みたいな景気のいい名前の店だが、私はヤサグレ三昧と呼んでいて、気分の悪い日に愛用している。私が行くときに客がいたことは殆どなく、がっしりした身体にエプロンを巻き付け、眼鏡をかけたマスターが憂鬱そうに頬杖をついて上半身を必要以上に傾けて、日曜大工で吊った棚の上の14型テレビを見上げている。よくこんなんで商売が成り立つもんだ。

マスターはまるで商売よりテレビがいいかのように面倒くさそうにこっちを向いて、らっしゃい、と言う。それから、

「何かいいことあった?」と、陰気な声で言い、私は、
「あるわけないっしょ。お湯割り」
と答える。ラジオ体操のように正確だ。この挨拶がもし崩れてしまったら、私はこの店に来なくなるだろう。

お世辞にも綺麗とは言えない店だ。床はコンクリで、カウンターに沿って少し錆の出た黒いスチールのスツールが並んでいる。スツールの座面は七〇年代を思い出させるようなピンクと青で、どれもちょっとずつビニールがやぶけて出汁のとれそうな色のスポンジがのぞいている。カウンターは木目にニスを塗った安っぽいもので、そこにマスターの武骨な手で、いつもの焼酎のお湯割りが置かれる。ボトルキープすればいいのだが、次にヤサグレる時の分まで失業保険を使って払う気にならないので、毎回ショットで飲む。ついでにマスターにも一杯奢る。私達は不景気な面をして低い声で「かんぱーい」と言う。

「どっか行ってきたの? 綺麗なカッコして」マスターがちょっと冷やかすように言った。

「見合い。たこぶつ」

「ほう、お見合い」かがんで業務用冷蔵庫からタコを取りだしながらマスターが言う。

「心境の変化？」

「まさか。義理がある人がいたんで会っただけ。でも、その人の面目丸潰しにしちゃったよ」

「そうなんだ」

「途中でね、飛びだしちゃったの」

「あー」

「なんで後先考えないんだろうな、私」

「でも、気に入らない人と結婚しちゃうより良かったじゃない」

マスターはたこぶつの皿をカウンターに置き、自分も残りを小さな皿に盛って食べた。

「そうだね。私は今日、地獄を回避したんだな。でもなんか家に帰りたくなくてさ、それで来たの」

「うまく行かない日ってあるよ。俺も犬の糞ふんづけて、行ったスナックの観葉植物倒して、帰りに転んで眼鏡壊した日があったよ。割と最近」

「犬の糞なんて普通は落ちてないよねえ」

マスターがおろおろしながら、靴を地べたにこすりつけている姿を思って、なんだか久しぶりにこの店で笑った。

「どこで踏んだかわかんないんだよ。一緒にいた友達だとずっと思ってて、こいつ臭いな、言おうかなって、そしたら俺だった」

お湯割りをおかわりした。ああ、夜だなあ、と思う。遠くで眠りそびれた犬があくびをし、いくつもの電灯が消え、本が閉じられ、給湯器が低く唸っているだろう。私はこの店に夜を買いに来るのだ。真っ暗で静かで狭い夜一丁。

「店、大丈夫なの？　お客さん来てるの？」

「さあねえ、朝までやってるから近所の飲み屋さんの人が仕事あがりに来るんだけど、そのくらいだねえ」

「心配だなあ」

「心配してもお客さんは来ないよ。やれるとこまでやるだけだね、それでだめだったら、そのときさ」

男らしいじゃん。帰りに爪の垢貰って帰ろうか、と見るとちゃんと爪は深爪に切ってある。武骨な手だが清潔なのだ。

「俺は自分の店持つのが、夢だったから。多少苦労しても仕方ないね」

「お湯割りおかわり。トイレ」

毒々しい芳香剤の匂いの中でストッキングとパンツを下ろして、見ると生理がはじまっていた。汚れたところにトイレットペーパーを押し付けて、紙版画のように血が写ったペーパーを何のためだか一応見て、ちょっとため息をついて、ポーチの中に一個だけ入れてあるナプキンを汚れたパンツにあてた。中出しでもしてれば生理は神様からの授かり物のようにありがたいが、何もない月はただ気持ちが悪くて、女って嫌だなと確認するだけだ。生理なんかなくても私は一生に何百回も女は嫌だと思うんだろうが。

汚してしまったパンツを忘れるためにお湯割りを飲んだ。酔いが心地よくなって来たのであたりを意味もなく見回す。

縄のれんの向こう側で、街は静まり返った。もう、タクシーだって大して通らない。長谷川さんも立っていない。虎の子の夜一丁、懐に入れて帰ろう。母は不満を嚙みしめて眠っただろう。明日は一悶着あるだろうが、マスターみたいに、「それでだめだったら、そのときさ」と、思えるかな、思いたい。

ごちそうさまと言って席を立った。少し足元がふらついた。

「なんか落ち着いたよ。今日、この店開いてなかったらどうしようかと思った」

お愛想をしながら、私にしては心をこめて言った。ふと、これって勤労感謝だろうかと思った。日付は二十四日に変わっていたけれど。

「明日は雪降るかもしんないよ」

そう言いながら、マスターは頼みもしないのにカウンターから出てきて、建て付けの悪い鈍い銀色のサッシの扉を開けてくれた。

沖で待つ

「しゃっくりが止まら、ないんだ」

牧原太《まきはらふとし》は靴下のまま玄関に突っ立って情けない顔をしていましたが、考えてみればもとから彼にはそういう少し困ったような顔つきが似合っていたのでした。

五反田に行く予定なんかなかったのです。さいたま市に住んでいる私にとっては、普通なら用事のない場所です。前の晩、私は目黒の友達に送別会をやってもらって、彼女の出勤と同時に家を出たのですが、地下鉄に乗る彼女と駅で別れて山手線のホームに立ってはじめて五反田が隣駅だったことを思い出したのでした。転勤で来月の初めには浜松に行ってしまう私は、今を逃したらもう五反田に行く機会もないだろう、と思いました。最後に一目、太っちゃんの部屋を見ていきたくなったのです。そこで、恵比寿から埼京線に乗り換えるつもりだったのをやめて逆方向の品川・東京方面の電車に乗ったのでした。

五反田駅で降りて東京とは思えないほどびゅんびゅん車が通っている国道に沿ってしばらく歩いて、コンビニの先の路地を入ったところにルミエール五反田はありました。もう他人が住んでいるのかもしれないと思いながら、路地に立って東向きのマンションを見上げると、二階の太っちゃんの部屋にはカーテンがかかっていませんでした。けれどこの寒いのに窓が開いていました。朝の七時半、まだ不動産屋やクリーニング業者の入る時間帯ではないのです。見ていると、ふうっとタバコの煙がそこから流れ出したような気がしました。何も考えずに階段を駆け登って、小さくノックすると、あっさりドアが開きました。部屋には机もベッドも、ほんとうに何もなかったのです。


「太っちゃん」

私は、子供に言い聞かせるようにゆっくりと言いました。

「どうしてこんなところにいるの？」

「、わからない」

怖さを感じることはありませんでした。

「タバコ吸ってたんだ？」

「おう。ひろった、んだ、前で。それで吸ったけ、ど味ねえや」

「お腹は？　すいてない？」

「ああ腹はだいじょうぶ」

まるでそれは、福岡営業所で机を並べて残業していたときの会話の一部を切り取ってきたようで、私はなんとも言えない気持ちになりました。

なぜかと言うと、太っちゃんは三ヶ月前に死んでいたからです。

＊　＊　＊

「名は体をあらわす」というのがこれほど当てはまる人を私は太っちゃんのほかに知りません。ふつうは優とか言って怖かったり、和人とか言って喧嘩好きだったりするのに、太っちゃんの両親は息子の将来の姿をちゃんと見抜いていたのでしょうか。

入社当初はそれでもまだ、小太り程度で通用していました。入社式の後、福岡配属の及川《おいかわ》さん？　と話しかけてきた「牧原君」のシルエットを私はうっすらと覚えています。

山梨出身の私も、茨城出身の太っちゃんも東京の大学を出て、住宅設備機器メーカーに就職しました。全国に拠点があることはもちろん知っていましたが、自分が九州に住むなんて一度も想像したことがありませんでした。同期の女性総合職も何人かいたのですが、彼女たちは東京と大阪に赴任することになっていました。人事から配属地を告げられて、その後三週間の営業研修と工場実習の間、私は憂鬱でした。夜になって酒を飲みに行くとずいぶん荒れたものです。見知らぬ土地で、どうなるかわからない自分の運命が怖かったのだと思います。なんといっても福岡はライバル会社の本拠地ですし、私は男尊女卑の九州男児にいじめられるのだ、と勝手に思い込んでいました。

けれども、いざ行ってみると街は思いのほか明るくてきれいなのでした。とりわけ会社の前の大博《たいはく》通りは、東京でも見たことがないほど立派で、すっきりした大通りでした。家のそばの国体道路も、しゃれた感じのするけやき並木でした。

初日は営業所の人たちに挨拶をして、たくさんのカタログや見本が並んだ倉庫を見た後、本社から福岡までの旅費精算をしました。それから所長に営業カバンと福岡の道路地図を買って来るようにと言われて、地下鉄に乗って営業所から天神まで往復しました。

「及川、どう思うよ」

天神からの帰り、地下鉄の中で太っちゃんが言いました。

「え?」

「この街さ。なんか、思ってたのと違くねえ?」

「もっと殺伐としたとこかと思ってたんだけど」

「なんだか、拍子抜けした感じだよ、俺」

「九大の石川がいいとこだって言ってたの、あれほんとかも」

「俺たち、あんなに九州が嫌だって騒いだのにどうするよ、同期に示しつかないぞ」

「これでいきなり九州気に入っちゃったらばかみたいだよね」

六時を過ぎても、先輩の社員はみんな残業していました。けれど私たちはすることが何もなくて、本当はタバコが吸いたかったのですが生意気に見えそうなので我慢して、机もまだないので打ち合わせテーブルで分厚い総合カタログを見ていました。衛生陶器やユニットバス、水栓金具の品番はどれも長くて完璧に覚えることなど不可能に思えました。そもそも商品の見分けすらつきませんでした。一年先輩の副島《そえじま》さんが私たちのところに来て、おまえらもう帰っていいよ、と言いましたが、みんなが働いているのになんだか申し訳ないような気分でした。

「まっすぐ帰る?」

エレベーターの中で私は太っちゃんに聞きました。

「俺、さっき天神でよさげな店みつけたんだ」

「何屋?」

「なんでもありそうだったぜ。魚とかも」

太っちゃんと私は、未知の街に対する心細さと、社会人としての一日を無事に終えた誇らしさとが入り交じった変な気分で乾杯をしましたが、ビールのお代わりをするころには二人ともすっかり自分らしくなって借り上げ社宅のワンルームマンションのことや、ゴールデンウィークの帰省の話なんかをしていました。

赴任して半年間、私は副島さんに、太っちゃんは山崎さんという別の先輩にずっとついて特約店や設計事務所やクレーム現場に行きました。ユニットバスの搬入経路、天井パネルの梁型《はりがた》加工が必要かどうか、システムキッチンは窓や額縁と干渉しないか、そういった打ち合わせもあれば、ガス給湯器が壊れたり、浴槽にクラックが入っていたりというクレームに対処することもありました。夜、時間があると先輩たちは商品知識や建築図面、商品の工事用図面の見方の勉強会をしてくれました。本社の新人研修とは違って、「ここに気をつけないともめる」という点が強調されていましたが、その頃の私たちには「もめる」というのがどういうことなのかまだよくわかっていませんでした。

太っちゃんは大学時代から車の運転をしていたので、すんなり営業車の運転を任されましたが、私はペーパードライバーだったので、助手席に座った副島さんからは、ずいぶん怖い思いをしたと後でさんざん聞かされました。慣れてきて、はじめて設計事務所にカタログを届けるために一人で運転して行って、道に迷って中洲に入り込んでまわりがベンツだらけになってしまったときの恐怖を私は今でも忘れられません。

福岡の食べ物がおいしいと言われていたのは本当でした。家庭料理は食べたことがないのでわかりませんが、魚介だけでなく水炊きやもつ鍋や、焼き鳥屋の豚バラや東京よりずっと小さくてかりかりの餃子など、みんなで食べるおいしいものがたくさんありました。若かったから休みの日は海水浴がてら海辺でバーベキューをしたり、釣りに行ったりもしました。会社にいるとき、昼はラーメンや高菜ライスを食べることが一番多かったような気がしますが、太っちゃんはいつも替え玉ばかりしていました。そしてみるみるうちに太り出して、ついに私の倍の体重になってしまいました。その頃、山崎さんか誰かが「牧原」と呼ぶのをやめて、あっという間にみんなが「太っちゃん」と呼ぶようになりました。それは社内にとどまりませんでした。新しく担当した特約店からも、

「太っちゃん、おっとですか?」

と電話がかかってくるようになりました。

「俺、昔は痩せてたんだよ。大学のとき黒服のバイトやってたんだもん」

と太っちゃんが言うと、事務やショールームの女の子たちは信じられないと言って笑い転げました。こんな布袋様みたいな黒服がいるもんか、と私も思いました。

そんな太っちゃんを選んだのが設備商品のベテランの事務職である井口珠恵《いぐちたまえ》さんでした。課長やメンテナンスの人でも、わからないことがあると工場ではなくて井口さんに聞くのです。井口さんは昔の商品や、クレームの履歴なんかでもとてもよく知っていて、何か聞かれても考え込むということがないようでした。私はきびきびした井口さんが怖くて仕方がなかったのですが、二人は婚約するまで誰にもバレずにつきあっていたのでした。二人っきりのとき彼らがどんな話し方をしているか、想像もつかなかったのでびっくりしました。太っちゃんに井口さんなんて勿体ない、誰もがそう言いました。もっと、田代とか、副島さんとか、いい男いるじゃんよ。なんでよりによって太っちゃん。

「ピピッときたのよ」と井口さんは言いました。

「いつ来たんですか、あいつのどこを見て?」

井口さんは、いつもはきりっと見開いている目を少しだけ細めて、んなのでした。


「最初から。新人で来たときから」

と言いました。

「井口さん、捨てないでやって下さいね、かわいそうだから」

私が調子に乗ると、

「大きなお世話よ」

井口さんはぴしゃりと言いました。それはいつもの、私が怖くて仕方のない井口さんなのでした。


私は誰とでもそれなりに仲良くやっていたのですが、会社で苦手な場所が二ヶ所あって、それは更衣室と給湯室でした。事務職の女性たちはみんな感じ良く接してくれたのですが、でもやはり私はよそ者でした。

「所長がそげんこと言いよんしゃったとぉ?·」と盛り上がっているところに私が入っていくと、みんな笑顔でお疲れさまですと言ってくれるのですが、その後の言葉は、「もう福岡には慣れましたか?·」という完璧な標準語なのでした。井口さんみたいなベテランの人でも、会社を辞めるまでは決して丁寧語を崩してくれませんでした。山梨で育った私が付け焼き刃でみんなと同じ博多弁が喋れるはずもありません。自分の机がある島では、結構口の悪いことを言っているはずの自分が、更衣室と給湯室ではいつも旅行者みたいな気分になるのでした。

太っちゃんは結婚してからは、井口さんのことを「珠恵さん」と呼んでいました。それは「女房」なんて強がるよりずっと自然でした。

結婚すると急に頼もしくなる男もいるけれど、太っちゃんはそういうタイプではありませんでした。むしろ井口さんの方が結婚して優しくなった感じがしました。私が慣れただけかもしれないです。最初は、特約店とも平気で大げんかする井口さんを怒りっぽい人かと勘違いしていたのです。実際には、井口さんは筋の通らないことには怒るけれど、我を通すようなことは絶対にありませんでした。それがわかってから私は井口さん相手にも平気で冗談を言えるようになりました。

太っちゃんはますます太っちゃんらしくなって行きました。妙なところで覚悟を決めていたかと思うと、肝心なタイミングのときにふらふらしていて、住宅会社の年間契約を他社に取られてしまったりしました。それでいて心配性で、どうでもいいようなことを気に病んだりするのです。それでも特約店には太っちゃんのファンも多くて、売り上げのムラは少ない方でした。泣き言を言って給湯器や水栓金具の在庫を特約店の倉庫に押し込むのは彼の得意技でした。

太っちゃんのセールスポイントは愛想の良さでも手先の器用さでもなく、ただ、いつでも汗をかけることでした。現場の人間やお施主さんは汗をかく営業マンに弱いのです。冬でも汗をふきふき謝っていると、製品の不具合に心底腹を立てていたお客さんも、仕方がないなあ、となるのです。私や副島さんがそれを指摘すると、

「生理現象じゃなくて俺の誠心誠意を評価してくれよ」

とむっとしたような顔で太っちゃんは言うのでした。

やがて、子供が出来て井口さんが会社を辞めることになったとき、誰もが、

「太っちゃんが辞めて子育てするべきだ」と言いました。

「あいつに生ませろ。あの腹ならいけるよ絶対」

と乱暴なことを言ったのは副島さんでした。

井口さんはほんとうに惜しまれて、けれどさばさばとした調子で会社を辞めました。でもその後も、転勤してしまった課長や辞めてしまった先輩が来福するときには、大きなお腹を抱えて出てきてくれました。私たちはいつまでも井口さんのことを覚えていたし、頼りない新人が入ってくるたびに、井口さんならびしびし指導してくれたのにな、と思いました。

やがて、無事女の子が生まれて「るか」という名前をつけたと太っちゃんは誇らしげにいいました。

「俺に似て美人になるぞう」

太っちゃんは本気でそう思っていたみたいでしたが、誰もが井口さんに似るようにと願っていたのでした。体を表すような名前ではなくて私はちょっとほっとしました。

福岡に慣れてくると、だんだん学生時代の友達とは話が合わなくなって来ました。

電話で話を聞いていても、東京しか知らないくせに、とか、現場を知らないくせに、とかそんなことに自分がこだわってしまうのです。学生のときに一緒に感じていたものって、なんだったんだろう、考えてもあまり思い出せなくなりました。世界が狭いようですが心置きなく話せるのは、やっぱり会社の人でした。

太っちゃんと私は一度も喧嘩をしたことがありません。仕事の仕方はまるで違っていましたが、気が合うのです。私が多少きついことを言っても、太っちゃんには効いているのか効いていないのか、まるでわかりませんでした。太っちゃんはほんとうにマイペースでした。

私は、勘で仕事をするタイプで、なぜだかわからないのですが、月に七千万から八千万円ある売り上げノルマのうちのほんの一部、例えば五十万とか百万の現場で、ここはもめそうだ、というにおいを感じることがあったのです。勘は大体当たりました。発注ミスに気をつけて、納期管理に気をつけて、設計事務所や現場に足を運んでいても、物流の手違いで品番違いの商品が納入されたり、お施主さんが商品の色がカタログと違うなどと言い始めるのです。

太っちゃんの場合は、そういう、もめる現場のにおいなんてものは感じないようでした。この現場気をつけた方がいいよ、と私が言っても、そうかあ、と相手にもせず、はらはらしているうちにやはり欠品だの設計ミスだのと何かが起きてしまうのです。もちろん我々も間違えることはあります。けれどそれ以上に何かが起きてしまう、建築現場はそうとしか思えません。そもそも図面通りに直角や垂直が出ている現場なんて存在しないのですから。

一度のクレームならいいのですが、同じ現場が繰り返しもめるというのは本当にいやなものです。特注で作ったカウンターが二度までも現場の柱型《はしらがた》と合わず、私が机に向かってため息をついていると、副島さんがタバコを吸いながらやって来て、

「及川、納まらない現場っていうのは絶対にないんだよ」

と、声をかけてくれました。あの言葉がなかったら、その後も私は何度も逃げ出したいと思ったかもしれません。

太っちゃんが一番弱ったのは、大型物件でも偉い人の邸宅でもなく、天神の雑居ビルの改装で納入した隅《すみ》付きロータンクＢＢＴ－１４８０２Ｃと和風便器４ＡＣ－９の

セットでした。年度末で需要が集まるときでもあり、たかが便器一台の納期がなかなか出ませんでした。太っちゃんが向かいの席で何度も納期交渉の電話をしていたからそれは知っています。いざ納材されてみると、現場に行ったのは破損品でした。すぐに手配し直した代品の納期はなかなか確定しませんでした。残業している私のところに太っちゃんが来て、

「及川よ、ひどいんだよ。聞いてくれないか」

と、嘆きました。とりあえず最初だけ間に合わせるために、在庫のある色違いのものを取りつけたらと思いましたが、洋風便器や小便器ならともかく和風便器は埋め込みだからそうもいかないのです。もうこれ以上一日も待てないというところで商品が出ることになり、空便《そらびん》をたてた太っちゃんは福岡空港に便器を取りに行きました。現場のそばに車が停められなかったから、太っちゃんは車を天神地下の駐車場に入れて、福岡一の繁華街を和風便器をぶらさげて走ったそうです。

「俺、相当注目集めてたぜ」

と太っちゃんが屋台でおでんをつつきながら言った翌日、便器とタンクを結んでい

る洗浄管からのポタ漏れとタンクの結露が指摘されました。太っちゃんは現場に行ってさんざん怒られていましたが、きわめつけは納材から二週間後に、お年寄りがしゃがみ位置とトイレのフロアライン（私たちはＦＬと呼びます）との段差で後ろに転んだというものでした。本来これは商品とは関係ないような話ですが、さんざんもめた現場だと何でもかんでも商品のせいにされてしまうのでした。太っちゃんは菓子折りを持ってけがした人をお見舞いに行ったようです。

バブルの頃は新築物件が多くて、私たちは注文をさばいて、クレームに対処するだけで精一杯でした。売り上げが多ければ多いほど、「違算《いさん》」という伝票と集金のくいちがいも増えました。現場の見積りをするのは時間がかかっても苦にはなりませんでしたが、違算の伝票処理は営業の仕事の中でも一番面倒で、気が重いものでした。やっとのことでキリをつけて、朝の三時とか四時にタクシーに乗っていると何台もの屋台が帰っていくのを追い越して、なんで屋台は夕方からなのに私たちは二十時間も働かなければならないんだろうと心底嫌になりました。

ちょうど、コンピュータが営業所に導入されたころでもありました。私はシステムキッチンの図面をＣＡＤで描いていたのですが、開発されたばかりのＯＳは数時間かかって作った図面を抹消してシステムダウンを繰り返しました。

翌朝一番に持っていかなければいけない図面データを打ち込み直していると、太っちゃんがもう自分の仕事は終わっているのに、事務所でぶらぶらしていました。

「仕事ないんなら帰りなよ」

「俺がいちゃまずいか」

「まずかないけど、なんにもいいことないよ」

「別に悪いこともおこらないさ」

太っちゃんは袋に入れた缶ビールを事務所の冷蔵庫に隠していたので、私の図面が終わると会議室で一緒に飲みました。空きっ腹でしたが、居酒屋だってもう閉まっている時間だったのです。仕事の話はしませんでした。私はコクゾウムシが家の米びつに発生したことを話しました。太っちゃんは、トウガラシをキッチンのキャビネットに入れておくといいよ、と言いました。太っちゃんはお婆ちゃん子だったからそういうことをよく知っていました。
太っちゃんは前から欲しかった二人乗りのシーカヤックを今度のボーナスで買うお許しが出たと言いました。そんなもん車に載るの、と聞くと、ちゃんと寸法あたったから大丈夫、と太っちゃんは言いました。私たちがするのは、そんなたわいもない話ばかりでした。

副島さんが埼玉営業所に転勤して行ったのはバブル崩壊の頃でした。そして、私たちの仕事の質はがらりと変わりました。住宅着工件数が激減すると、私たちは特約店に営業をまかせるのではなく、自分たちで新しい工務店や増改店を開拓して受注活動をするようになりました。今まで忙殺されていて意識することもなかったライバル会社の営業と、数少ない現場を奪い合うようになったのです。バブルの頃は、景気が悪くなれば暇になるのになあ、と楽しみにしていたのに、不景気になればなったで訪問件数の管理は厳しくなるし、ノルマだって減らないのです。「売上必達《ひったつ》」などというやな言葉を会議のたびに聞かされるようになりました。新規開拓を殆どしたことのない我々の打率は最初はさっぱりでしたが、そこからほんとうに「営業」という仕事を覚えたような気がします。

特約店相手だったらある程度、急な事情も理解してもらえるのですが、新規工務店の最初の現場はワンチャンスだからそうはいきません。インフルエンザで四十度近い熱を出した太っちゃんが、七十キロ離れた伊万里の現場まで行くとき、運転をしていったのは私でした。会社の裏の内科で点滴を打ってもらって一瞬ハイになった太っちゃんは、もう大丈夫だからいいよそんな、と言ったのですが、私は予定をキャンセルしたんだから、と言って譲りませんでした。助手席に収まった太っちゃんは、いつものように軽口をたたきました。

「さては俺に惚れたな」

「ばか。誰が惚れるか」

けれど今宿《いまじゅく》を過ぎるころには、太っちゃんは車に積みっぱなしにしていた現場用のジャンパーを着込んでぶるぶる震えていました。

「悪いな」

震えながら太っちゃんが言いました。

「惚れても無駄だよ」

私が言うと太っちゃんは口の端だけで笑ったようでした。

「現場行ったらしゃきっとしなよ。今は寝てりゃいいんだから」

仕事のことだったら、そいつのために何だってしてやる。

同期ってそんなものじゃないかと思っていました。


副島さんが転勤して、ちょうど一年後に私にも埼玉営業所への転勤の辞令が下りました。内線をかけると、副島さんは、うひゃひゃひゃ、と笑って、

「俺が持ってるたちの悪い客、みんな引き継いでやるわ」

と、言いました。

福岡を離れるのはさびしかったです。来る前は男尊女卑だなんて思っていたけれど、お客さんはみんな根性勝負でした。根性さえあれば、女だろうがよそ者だろうが、ちゃんと認めてくれました。建築のこともろくに知らず、建築用語と福岡の方言の区別

さえつかない私をお客さんはときに叱りましたが、思い直せば辛抱強く接してくれたことの方が多かったのです。私を育ててくれたのは会社の先輩よりも、現場の人たちでした。だって、事実は現場にしかないのですから。

そうは言っても私は初めての転勤でそわそわしていました。太っちゃんは最後の日、むっつりとふくれていました。井口さんが一緒に空港まで見送りに来てくれました。

「俺だけ転勤がないんだ」

太っちゃんはすねたように言いました。

「あんたは人事に忘れられてるのよ」

井口さんが笑いました。

「まあ、俺はずっと福岡だっていいさ。福岡が一番だと思うよ」

「最初の配属地って、多分特別だよね。埼玉だって行ってみなきゃわかんないけど」

井口さんが、

「及川さん、いつでも帰ってきて。うちに泊まっていいから」

と言ってくれました。「帰る」という言葉が身にしみて嬉しくて、そしてまだまだ福岡を愛し足りなかったことが悲しくて、太っちゃんがいなかったら私はめそめそしたかもしれません。

「札幌なら転勤してもいいな。食いもんうまそうだ」

太っちゃんはまだ言っていました。

「じゃあ、次は札幌で会おうよ」

そう言って私たちは別れました。飛行機に乗った瞬間、取り返しのつかない一歩を踏み出してしまったような気がして、胸が苦しくなりました。

太っちゃんと次に会ったのは何年もたってからでした。札幌ではなくて東京でした。人事はどうやらやっと太っちゃんのことを思い出したらしく、彼は東京転勤になったのです。けれど、単身赴任でした。井口さんのお母さんが脳溢血で倒れ、後遺症があったため、井口さんははるかちゃんと一緒に実家に戻ったのでした。

太っちゃんが東京に来て二ヶ月くらいしてから、私たちは東京支社のそばで飲みました。

「御無沙汰だなあ」

太っちゃんは私の顔を見るなり言いました。なんだかまた巨大化したように見えました。私が言う前に太っちゃんは、苦笑しながら言い訳するのでした。

「福岡も旨かったけど、東京も食いもんが旨くてさ」

私たちは、太っちゃんが早速開拓した串揚げ屋に行って盛大に食べ、それから近所の地下にあるバーに行きました。


「東京ってどう?」

「営業車がないから不便なんだ。工具持ち歩けないし、昼寝もできねえや」

「埼玉は営業車はあるけど、事務所の喫煙スペースが狭いんだよね」

「でも、なんかあれだな。最初の配属地って右も左もわかんねえころからいるから、女の子とかも気のおけない感じがするけど、俺みたいにこの年になって東京に来ると、お互い遠慮してる。女の子だけじゃないな、営業マンでもそうだ」

「ああ、道に迷って帰れなくなったりすると、後輩の手前なさけないよね」

「そうそう、東京て言ったって学生んとき行くとことは全然違うだろ。急になんにもできなくなったような気になるんだ」

「太っちゃんならすぐ慣れるよ」

「そう言や、誰も太っちゃんなんて言わないぜ、ここじゃ」

「それもさみしいね」

「埼玉は副島さんとか夏目とかいるからいいよなあ」

「営業所が大きいからあんまり会わないよ。もうみんなで一緒に遊んだりしないし」

「まあ、俺たちも年くったってことかな」

「太っちゃん、シーカヤックどうした?」

「東京湾に浮かべるわけにいかないから、福岡にほったらかしさ」

そこまではどこの飲み屋でもやってるような、典型的な三十代の会話でした。

太っちゃんがトイレから戻ってきたところで、帰る? という意味で百円ライターをタバコの箱に詰め込んでみせましたが、太っちゃんは自分の箱からもう一本タバコを出すと、店の人にレモンハートを頼みました。終電までは時間があったので、私も同じものを頼みました。

太っちゃんが低い声で、

「おまえさ、秘密ってある?」と言いました。

「秘密?」

「家族とかさ、恋人とかにも言えないようなこと」

太っちゃんは秘密の話がしたくて、今日私を誘ったのだな、と思いました。けれど聞いてどうなるもんじゃなし、まあ話して気が楽になるんだったら聞いてやるか、くらいの気持ちでした。

「まあ、ないとは言えないけど……見られて困るものとか?」

「おまえもある?　そうかそうか」

太っちゃんは嬉しそうな顔をしました。

「エッチな下着とかかなあ」

「そりゃ見せたいもんだろ」

「あんたには見せんよ」

太っちゃんはいつもみたいにはのってきませんでした。いっそう声をひそめて、

「あのさ、一番やばいのはHDDだと思うのさ」

と、言ったのです。

「HDD?」

「ハードディスク。パソコンの」

「ああ、それやばい。私もやだ」

「だろ。もし死んだらどうするよ」

「そっか、死んだら人に見られちゃうんだ」

お互い何が真相なのかは言わなくて、それはジジ抜きみたいな会話でした。

「協約結ぼうぜ」

太っちゃんは胸を張って言いました。

「先に死んだ方のパソコンのHDDを、後に残ったやつが破壊するのさ」

「パソコンって、壊そうと思って壊れるもの?　ハンマーで破壊するの?」

「あー、なんもわかってねえな。HDDていうのはね、パソコンの中の弁当箱みたい

なパッケージにディスクが入ってるの」

「データをゴミ箱に入れれば済むんじゃなくて?」

「残るんだよ。官憲が見ればすぐばれる」

官憲って。

「じゃあ、あとで知らない人が見ようと思ったら再生できるの?」

「業者が使ってるソフトでも完璧に消えるかどうか怪しいんだ。だから物理的な方法が一番いいわけ」

「どうしたら消せるの?」

「だからその弁当箱の中のディスクをひっぱり出して傷でもつけとけばもう絶対、パソコン自体が立ち上がらない」

「全部消えるってことかあ」

「でさ、俺が興味持ってるのはね、弁当箱の中が真空に近いってことなのさ」

「真空? 真空なんて存在するの?」

「だから、ほぼってことだよ。完璧じゃない。でもさ、密閉されたパッケージを開け

たら当然空気入るだろ。シュッていうか、パコッていうかわからないけど、それって
すごくよくないか？」

「真空に入る空気の音ねえ」

そう言われてもあまり実感がわきませんでした。

「でも密閉されてるんでしょ。どうやってそんなの開けるのよ」

「星形ドライバー」

どうだと言わんばかりでした。

「なにそれ」

「ねじがプラスとかマイナスじゃなくて星なのさ」

「そんなの見たことないよ」

「おい、おまえこの計画乗るのか、どうなんだよ」

「いいけど、太っちゃんに見られちゃうんでしょ。それがやだな」

「だからそのための協約なんだって。珠恵さんとかだったら絶対パソコンの中身全部
見るよ。俺わかるもん。おまえの、いるかいないかわかんねえ彼氏とかでも見るよ。

だって、そういう人は何でも知りたがるから。でもおまえだったら見ないって約束したら見ないでいてくれるような気がするのさ」

「確かにね。太っちゃんが持ってる変態エロ写真とか見たくないかも」

「動画じゃ、ほっとけ」

「あはは」

「でも、だから成立するんじゃないかな。どっちが先に死んでも見ない。でも壊す」

「わかった。鍵わたすよ。ほんとに死ぬってなったら家入ってPC壊していいよ」

そのとき彼氏がいなかったせいもあるけれど、太っちゃんだったら部屋に入られてもかまわない、と思いました。

「おう。じゃ成立な。俺星形ドライバー買って送るわ」


翌週の社内便でほんとうに、星形ドライバーは来ました。営業車の中で袋を開けると、入っていたのは思ったよりもずっと細いドライバーで、プラスチックのケースに径の違うものが七本セットになっていました。ほかには、手術に使うような薄手のゴム手袋が一緒に入っていました。確かに有事の際は無断で相手の家に押し入るわけですが、周到だなあと思いました。そういえば福岡時代、太っちゃんの営業車には「おまえ、職人か」と課長に言われたほど、工具類や部品、それにコーキングガンまでがきちんと整理されて入っていたのを思いだしました。大きな体の太っちゃんがスーツの上着だけ脱いで、汗をかきかき下手くそな言い訳をしながらキッチンの扉のヒンジ調整をしたり、洗面カウンターのコーキングを打っている姿が浮かびました。

しかし、この手袋は現場で使うものでもなく、手術用でもなく、どちらかというと犯罪に近い目的で太っちゃんが買ったものなのです。会社の封筒に入っていたのは太っちゃんの単身赴任の家の鍵でした。封筒にメモや手紙は入っていませんでしたがゼンリンの住宅地図のコピーが入っていて、「ルミエール五反田」にマジックで丸がつけてあり、「202号」と書いてありました。大事なことは明文化する、文書に残したらやばいことは口頭で喋れ、という原理原則の通りでした。

星形ドライバーを手にとってじっくり眺めました。先端の形状以外は、ふつうのドライバーセットとなんの変わりもありません。

けれど。

これ一本で、私の記録が消える。

誰も知らないうちに家に忍び込んだ太っちゃんが、あの善良そのものといったまるまるとした手で私のノートパソコンを開けて、HDDを壊すことを想像しました。

恋人でもないのに鍵を渡すなんて変だなと思いながら、私もミスターミニットで合鍵を作って、ゼンリンの地図と一緒に送りました。転勤のたびに鍵と地図を送り合うのだろうか、と思いました。でも、まさかの時以外に、相手がその鍵を使うことは絶対にない、という確信を私たちは二人とも持っていました。


なぜかそのときは、私の方が早死にするという予感があったのです。納まらない現場がないように、死なない人はいないのですが、私という現場は太っちゃんという現場よりもずっと竣工が早いような気がしたのです。それは直感でしたが、あんな事故がなければ実際そうなっていたと思います。だって、あの頃の太っちゃんに「何か起きる現場のにおい」は一切しなかったのですから。私たちはいつも「漏水で死んで違算がどっさり」なんてくだらないギャグしか飛ばしていなかったのですから。

東京のバーで飲んでからその日まで、私は一度も太っちゃんに会うことはありませんでした。


太っちゃんの死は突然でした。成人病とか心臓とか肺ガンとか、いろいろ気をつけろと言われていた太っちゃんも、こればかりは気をつけようがありませんでした。出勤しようとしてマンションから出たところで、七階から人が降ってきたのです。投身自殺の巻き添えでした。太っちゃんは後ろに倒れて頭を打ってほぼ、即死だったそうです。太っちゃんを直撃した人が、今でも生きているのか、大けがをしたのかわかりません。そのことについて、井口さんは一言も話しませんでした。

東京支社の総務からの電話は副島さんが取りました。副島さんは部長のところに行って小声でしばらく話をした後、私のところに来て、タバコ吸いに行こうぜ、と言いました。そして喫煙スペースで二人きりになると、太っちゃんが死んだ、と言いました。とても信じられなくて、悪い冗談だったら早くそう言ってほしいと思って、副島さんの顔をみつめたまま、私は口をつぐんでいました。

「なぜだ」

と、副島さんは大きくタバコの煙を吐いて言いました。

「あんなに、クッションが効いてたのに」

私はその言葉を聞いて、会社で初めて泣きました。今まで、どんなくやしいことがあっても泣いたことがなかったのに、そのときは声をあげて泣きました。副島さんがテーブル越しに私の肩をたたいて、

「井口さんに俺から電話しとくから、福岡に一緒に行こうな」

と言いました。


動揺はおさまりませんでしたが、私は涙をふいて席に戻り、そのときが来たことを意識しました。太っちゃんの家の鍵や星形ドライバーは会社のロッカーの中に、社内便の袋のまま入れてありました。

ホワイトボードには、所沢現場・川越新規開拓、と書きました。私はしょっちゅう、

見つかりにくい公園とか競技場の脇とかに車を停めて昼寝をしたり、大宮ロフトに買い物に行ったりしていたのですが、このときばかりは慎重でした。携帯は通じるから問題ないのですが、何かがあったとき、一番疑われない場所を書いたのです。車に乗り込んですぐに地図を確認しました。それから首都高に乗って五号線から環状線、二号線と乗り継いで五反田を目指しました。緊張のあまり、全身の皮膚がこわばっているような気がしましたが、それと同時に何か力強いものがお腹のあたりにわいてきたのです。「大丈夫だから」運転しながら私は声に出して言いました。自分に言い聞かせているのか、太っちゃんに言っているのかわかりませんでした。

パーキングに車を入れて歩くと、ルミエール五反田はすぐに見つかりました。ドアの前であたりを見回して、ゴム手袋をはめました。ほんとうの犯罪者になったようでした。鍵を開けるとき、思ったより重い手ごたえがあり、中に入ると、増改築現場と同じ、他人の家のにおいがありました。

私は現場用スリッパを車から持ってきていたのでそれを履いて上がりました。ベッドには朝、はね飛ばしたままの毛布がそのままの形で残っていて、床にはまるまった靴下が転がっていました。乱雑ということはなかったです。私は、太っちゃんのことを考えないようにしました。太っちゃんが死んだということを忘れて、これは任された現場なんだと思い込みました。けれど大小のプラマイドライバーと星形ドライバーを準備してパソコンデスクの前に座ると、取り返しのつかないことをたった一人でやってしまうんだという意識が湧いてきて、どきどきしてきました。

電源はもちろん入れませんでした。ディスプレイと本体を結んでいるケーブルを取り外し、本体を横にして、私は分解をはじめました。

〈給湯器のフタ開けるようなもんだ、あれくらいならおまえだって出来るだろ〉

太っちゃんの声が聞こえてくるような気がしました。はめ込みの脚部をスライドして取り、プラスのドライバーで四ヶ所のネジを外してケースを開けるのはそう戸惑わずに出来ました。中は給湯器みたいにぎっしり部品が詰まってはいませんでした。ステンレスで出来たCDドライブとハードディスクドライブ――つまり太っちゃん言うところの「弁当箱」――あとは基板が大小二枚と小さなファンがついているだけで、拍子抜けするほどデスクトップパソコンの本体というのはがらんどうなのでした。「弁当箱」にはいかにも、触ってはいけない、というように黄色い警告シールとバーコードがべたべたと貼ってありました。取り外すボタンやレバーの類は黄緑色のプラスチックだったので、それを押したり引いたりしているうちに「弁当箱」を割合簡単に引きずり出すことが出来ました。私は少し焦っていました。時間はそんなにないのです。これを無事に終えて、さいたまに帰らなくてはいけないのです。そして五時からの会議の席では何事もなかったかのように座っていなければいけないのです。副島さんにだってこのことは言えません。

「弁当箱」をひっくり返すと、一面にまたバーコードや！マークのいっぱい入ったシールが貼り付けられていて、際《きわ》のところに五ヶ所、ビス留めがしてありました。

案外簡単じゃん。

と思いました。星形ドライバーの径を合わせて次々開けていくときは、楽しくさえありました。けれどビスを全部外してもフタが開かないのです。よく見るとステン色のシールがフタの縁に貼ってあって、それをひっかいて剝がしているときにはゴム手袋の中の手に汗をかいて、それがひどく蒸れていました。あとで手がいやなにおいになるかもしれないと思いながらつなぎ目に思い切ってマイナスドライバーをねじ込みました。

真空に空気の入り込む音なんてしませんでした。プスッともシュッともいいませんでした。

太っちゃんのうそつき！

けれど太っちゃんはもういないのです。どこかの病院の地下で横たわっている身体はまだこの世に存在していても、もう二度と太っちゃんを罵ることができないのです。また頭がぼうっとしてきました。「弁当箱」のフタは僅かに歪んですき間が出来たのですが、どうしても開きません。やみくもにマイナスをあちこちに差し込んでこじっているうちに、あることが浮かんで離れなくなりました。

これは、太っちゃんの棺桶だ。

私は棺桶をこじ開けて、太っちゃんの死を傷つけようとしているのだ。

しかしためらいはしませんでした。何か使命感のようなものが私につきまとっていました。マイナスでステンレスのフタが開けられないことがわかってから、隠されたビスがあることにやっと気づいて、FRAGILEと書いてあるシールを苦労して剝がしました。シールの下には二ヶ所、ビスが隠れていました。その二つを星形で外すと、あっけなく「弁当箱」は開きました。

中には銀色の鏡のような円盤《ディスク》が入っていました。鋭く刺すように光を反射する、静まりかえった円盤でした。

これが、死なんだ。

と思いました。すべてを拒否するように眩しかったからです。

しばらく円盤を眺めてから、マイナスを手にとって中心から円周上まできりきりと傷をつけていきました。

消える。これで全部消える。

約束を果たしている安堵は、罪悪感よりも強くありました。円盤に映った私は泣く寸前のみっともない顔をしていて、こんな顔、太っちゃんにだって見られたくないやと思いました。何か面白いことを思いだして、ちょっと笑おうとしました。そう、太っちゃんの一番間抜けだった、あの人事のエピソードとか。

まだ福岡に太っちゃんがいたとき、夜中に所長の机を勝手に開けて——おおかた書類に判が欲しかったとかそんなのでしょう——家捜ししているうちに人事異動の資料を発見して私に内線をかけてきたのです。

「おい、すごいニュース」

「どうしたのよこんな時間に」

「同期に夏目って女いただろ。あいつ、埼玉営業所に異動するぜ、所長の書類見ちゃったんだ、俺」

太っちゃんはそのとき踏んぞりかえって所長の椅子のひじ掛けにひじをついていたに違いありません。

「夏目なら一年前からいるよ」

太っちゃんは、裏声で「へっ!?」と叫びました。私はいつまでもげらげら笑いました。大ニュースが去年のことだったなんて。

けれど今はもう笑えませんでした。涙が円盤に落ちました。それでも、マイナスを持って私は冒瀆を続けました。

〈最大の問題は原状復帰だからな〉

間違いなく七本のビスを締め、シールのカスはポケットにしまい、元の通りになんとか組み付けることが出来ました。ディスプレイとケーブルを接続し、電源を入れてみました。

ＯＳは立ち上がりませんでした。

真っ黒な画面の左上に二行の白い文字が浮かびました。

Invalid Boot Diskette
Insert Boot Diskette in A:

これが「終わり」ってことなんだと思いました。

全てを元通りに直し、辺りを見回したときにはもう涙は出ていませんでした。このパソコンを二度と太っちゃんが見ることがないということは痛いほどわかっていました。音をたてないように外に出て鍵をかけ、ゴム手袋を営業カバンにしまいました。井口さんや、東京支社の人がここに来なかったのはほんとうに幸いでした。木枯らしが吹きつけているというのに私は額や腋に冷たい汗をかいていました。営業車に戻って、エンジンをかけながらこの鍵をどうしようかと迷いましたが、十分現場から遠ざかってから、コンビニに寄ってトイレを借りて、隅付きロータンクのフタを開けて水中に落としました。どこのコンビニか、私は死んでも言いませんが、内部金具の交換でもない限り、あの鍵は今でもあそこにあるはずです。太っちゃんがさんざんもめた、あの和便と同じセットのＢＢＴ－１４８０２Ｃのロータンクの底に。

副島さんと二人で福岡に行ったのは、お葬式から三週間たった十一月の末になってからでした。展示会があったり、事務処理がたまっていたりしてなかなかお互いの日程が合わなかったのですが、十二月になったら年内竣工の現場で土日も振り回されることはわかっていたので、無理をしてでも行こうと決めたのでした。

「及川と一緒に福岡にいるのなんて何年ぶりかな」

空港から地下鉄に乗るとき、副島さんは懐かしそうな表情を浮かべました。けれど次の瞬間、

「なんだ俺の知らない地下鉄が出来てるぞ」

と大きな声を出しました。「七隈《ななくま》線開通」というポスターが貼ってありました。

「うちら、キャナルシティだってろくに知らないじゃないですか」と私が言うと、

「俺知ってるもん、俺三回行ったよ」

口をとんがらかして副島さんは言いました。

「福岡に彼女でもいるんですか？」

と、冷やかすと副島さんは真っ赤になりましたが、少し間を置いてから、

「もう別れちゃった」

と小さな声で言いました。その様子がなんだかいじらしくて私は笑いましたが、副島さんが特別に私のことを可愛がってくれていることをずっと知っていたので、少し興ざめな気もしたのです。

井口さんの実家は、宗像《むなかた》にありました。静かな住宅街でした。私たちは井口さんのお母さんと、もう小学生になったるかちゃんに挨拶をしてから仏間に座りました。井口さんのお父さんと、太っちゃんの遺影が並んでいました。太っちゃんは今にも冗談を言って自分から笑い出しそうな、いい顔をしていました。けれどなんだかそこに、位牌のところに太っちゃんがいるという気がしなかったのです。私は手をあわせて、約束は果たしたよ、と心の中で太っちゃんに言いました。目をあけて副島さんを見ると、副島さんは腕をきつく組んで、全身に力をこめて涙をこらえていました。

「くやしいよ」

副島さんが振り絞るような声で言いました。

「こんな簡単にいなくなるなんて……こいつだってくやしいだろうけど、俺もくやしいんだよ。なんでもっと注意しないんだ、あの……」

ばか、と言おうとしたところに、井口さんがお茶を持って入ってきたので、副島さんは言葉を飲みこみました。

私たちは井口さんのことを心配して来たのですが、彼女は落ち着いていて、まるでずっと前に亡くなった人のことを受け入れているようにさえ見えました。

「少し、痩せました?」

私が聞くと、井口さんは、全然、と笑いました。

「東京往復したり、おばあちゃんのこともあるし、いろいろ忙しかったでしょ。それでとにかくしっかり食べなきゃ、と思ってたら、前よりちょっと太ったみたい。いやあね」

「あいつの分まで太って下さい」

副島さんがいつもの調子に戻って言いました。


夜はみんなで、懐かしい福岡の地酒「寒北斗」を飲みながらお刺身を食べました。るかちゃんとなぞなぞをして遊んでいた副島さんは今まで見たこともないくらい早くに酔っぱらってしまいました。

私がお風呂からあがってくるともうみんな寝た様子でした。ダイニングテーブルの前に座ると、井口さんが瓶ビールを出してくれました。今日はさびしくしちゃいけな

いな、と思って二人で乾杯をしました。ちょっと待ってね、と、二階に上がっていった井口さんは戻ってくると、

「及川さん、これ、よかったら見て」

と言って私に一冊の大学ノートを差し出しました。日記とかだったらちょっと困るな、と思ったのですが、断るのもなんなので適当にページをめくりました。そこには鉛筆で、太っちゃんの懐かしい、へたくそな字でこんなことがかきなぐってありました。

「珠恵よ
おまえは大きなヒナゲシだ
いつも明るく輝いている
抱きしめてやりたいよ」

なんだこれは。

「夕暮れおまえのことを思いだす
夕陽は九州に向かって沈んでいく
珠恵　珠恵　珠恵
夜になってもさびしがるなよ
俺の心はおまえのものだから」

小学生かよあのデブ。と叫びたくなりました。

井口さんが、

「すごいでしょ、これ」

と笑いながら言ったので、私も一緒になって笑いだしました。

「これって、詩なんですか」

「全部、詩なのよ」

「もっと見ていいですか」

「いいわよ。本人がいいって言うかどうかわからないけど」

そりゃ言わないでしょう。こんな下手くそなポエム死んでも人に見られたくないでしょう。

あ、そうか。

この手が太っちゃんのパソコンにぎっしり入っていたのか。私があんなに冷や汗かいて、涙まで流して、危険を冒して壊したハードディスクに入ってたのはこの類だったのか。参ったな。

参ったな、というのが感想でした。それなのに、このばか野郎は家にこんなノートを残して、それじゃ私って完全に無駄手間じゃん。

「俺は沖で待つ
小さな船でおまえがやって来るのを
俺は大船だ
なにも怖くないぞ」

大船かよ。

しかし「沖で待つ」という言葉が妙に心に残りました。もちろんこれを書いた頃、太っちゃんに死の予感があったなんてこれっぽっちも思えないのですが。

「及川さん、これ……どうしたらいいと思う?」

井口さんがいつになく自信なさげに言いました。他人に見せることにやはり迷いがあったのかもしれません。

「大事にしておけばいいじゃないですか」

迷うことなく答えました。

「そうよね」

太っちゃんはほんとに井口さんのことが大好きだったんですね、と言おうかと思ったけれどわざとらしいのでやめました。けれど、気持ちは通じたみたいで、井口さんはもう一度、

「そうよね」

と言いました。そして一瞬うつむいて、涙ぐむのかと思ったら、ふん、と、鼻を鳴らしました。

「荷物がいっぺんに戻ってきちゃったでしょ。その整理だけでももう大変だったの。整理って言っても生きてる人のだったら気軽に捨てられるけれど、何をどうしていいのかわからなくて。まだ納戸にずいぶん手つかずのものが残ってるわ」

「そうですか」

「パソコンなんか壊れちゃって。何か大事なことが入ってたかもしれないから見たけれどどうしようもなくて。もとから壊れてたのか輸送中に壊れたかもわからなくて」

「輸送中」というのはいかにもベテラン事務職だった井口さんらしい言い方でしたが、私は、背中を小さな氷の粒がいくつもいくつも滑っていくような気がしました。

「ああ、精密機械っていいますしねえ……明日でも見てみましょうか?」

「SEやってる弟に見てもらったの。根本的にいかれてるからどうしようもないって言われたわ。処分しなけりゃ仕方ないんだろうけれど、なんだかあんまり早くするのもねえ」

良かったじゃないですかこんなへなちょこポエムが弟さんに見られることなく済んで。とは言えませんでした。

あのパソコンは、私に息の根を止められたNECのデスクトップは、太っちゃんにちゃんと殉じて旅立ったのでした。それでも私が心の底からほっとしたわけではありませんでした。何者かが手を加えて壊した可能性があると、もしも井口さんが疑っているとしたら。

やっぱり、私はよく眠れませんでした。銀色の円盤を傷つけていたときのきしきしした感触が何度でもよみがえって、私はほんとうに約束を守ってよかったのだろうかと思っていました。

さいたまに帰ってからの私の生活は何も変わりませんでした。現場にすっとんで行って謝り、売値率ぎりぎりの見積りを出し、本部方針にたてつき、副島さんと喫煙所でばか話をしました。

まもなく転勤の辞令が出ました。二度目の転勤はもう慣れたもので、まずは浜松の地図を買ってきて眺め、向こうの総務の女性に日当たりのいいワンルームを手配してもらうよう頼んで、引き継ぎ項目を整理し、長期化しているクレームの決着をつけ、自分の身の回りをまとめるだけのことでした。同僚や特約店、お客さんが送別会を開いてくれました。

いつも思っていたのです。

このメンバーで飲むことは最後かもしれない。

半年たてば誰かが転勤し、また誰かがやって来る。イレギュラーな転勤だってある。どこが最後かなんてわからない。一つの場所に一年しかいないかもしれないし、十年いるかもしれない。

でも、それが生きた組織だと思っていたのです。

だから、別れを惜しんでくれる埼玉のお客さんには悪いけれど、そんなにショックを受けたり、メランコリックになったりすることはありませんでした。目黒の友達のところに行ったのも、大袈裟なつもりではありませんでした。

* * *

私がそれを言うか言うまいかと思っていたのを察したかのように太っちゃんが口をひらきました。

「家に忘れてたノートがあったとは迂闊だった、よな」

太っちゃんはちょっと笑って、その間にしゃっくりがはさまりました。

「でも俺にとってはもう過ぎちゃっ、たことなんだよなあ」

太っちゃん、死んでるんだもんね、とは言えませんでした。けれど彼は明らかにそれを自覚しているようでした。

「及川も考えといた方がいいぜ。おまえ、のＨＤＤやばいよ」

「なんで？　太っちゃん知ってるの」

「いつの間にか知っていた」

太っちゃんはそう言ってため息をつきました。

「『観察日記』、あれ人に見、られたら大変じゃねえか」

「うん」

相手が幽霊とはいえ、それを言われるのは心底恥ずかしかったのです。私は、向かいのマンションに住む男性の部屋を覗くことを習慣にしていて、それを観察日記と称して記録していたのですから。

もちろん相手が気づいているとは思いません。ただ、カーテンを閉める習慣がない人なんだと思います。夏になるとパンツ一丁でうろうろしていて、そのパンツがまた黄緑とかピンクとかの派手なビキニで、私はズームの効くデジカメを買って写真を撮ってそれにコメントをつけて保存していました。ムービーも試したんですが、なかなかうまくいきませんでした。転勤前だというのに覗きの趣味はどんどんエスカレートしつつありました。

「ただ見るくら、いならいいけどよ。盗聴器はさすがにまずいだろ」

太っちゃんは何もかも知っていたのでした。

「きっと実際に会って話したらつまんない男なんだと思うよ」

私はあわてて言い訳をしました。

「まあな。そんなもんかもしれ、んな」

太っちゃんがそれ以上の関心を示さなかったのでほっとしました。

「おまえ今日会社は」

「ん、半休だから大丈夫」

そっか、と太っちゃんは言って床にあぐらをかいたまま壁に寄りかかりました。私は太っちゃんに曜日の感覚があるのだろうか、と不思議に思いました。

「おれいつまでこんなこ、とやってるんだろう」

息が詰まるようでした。声の響きが失われ、なんだか真空ってこういうことじゃないか、という思いが頭をかすめました。

「自分じゃわからないものなの?」

「、わからない……」

「死んだ後のことって、どれくらい覚えてるの?」

「なんかこう、あれよあれ」

「アレってアレかあ」

「よせ今俺まじめ、に話しようとしてる、のに」

「ごめん、言って言って」

「歯医者とか行ってさ、いつまでたって、も名前呼ばれないような感じだよ俺、ほんとに予約した？　とか思、うだろ。でも仕方ないから待合室にいつま、でもいる」

太っちゃんはいつもの癖で頬杖をつこうとして腕を曲げ、手を顎に持っていこうとしましたが、机も何もなくてやめました。

「全然わかんないよそれじゃあ」

「俺もわからな、いんだ。いつの間にかおまえの秘密と、かは知っててでも珠恵さんのこととかはわからな、い。どうしたらいいんだろうな」

「なるようにしかならんよ」

皆目わからない、私も。

「そういやごめん。バーベキュ、の写真渡すの忘れてた、」

「いつの話よ」

「宗像の、えーと鐘崎でやったおま、え忘れたのかよ」
「覚えてるけどさあ、いいよそんなの」
「焼き増しはした、んだけどな。渡そう渡そう思、ってて、すまん。そうだきっと珠恵さんが」

私は今更律義に謝る太っちゃんの太っちゃんらしさが懐かしくてたまりませんでした。どうしたって最後は井口さんに頼らなければやっていけないのです。

死者はみんな遺族に頼っているのかもしれない。

そんな気がしました。それは単なる思いつきで、深いものではないです。

「変なこと思いだしちゃった、太っちゃんの現場」
「どれだよ」
「飛びだす点検口」
「あったなあ、ほんとにポコンって音、がしてフタが飛んでくるんだよな、シャワー浴びてると」

太っちゃんはわはは、と笑って、

「ばかな一生だったなあ」と言いました。

「同期って、不思議だよね」

「え」

「いつ会っても楽しいじゃん」

「俺も楽しいよ」

けれど「いつも」というのはここから過去のことでしかなくて、この先などないのだという思いは、子供のとき間違えて飲み込んでしまったビー玉のような違和感で咽喉につかえました。

「楽しいのに不思議と恋愛には発展しねえんだよな」

「するわけないよ。お互いのみっともないとこみんな知ってるんだから」

でもさあ、夏目は石川とやったらしいよ、と言いかけてやめました。たとえ相手が死んでいたって秘密は秘密です。死んでも同期は同期なのですから。

「だよなあ。冷静に考えたらおまえだっていい年なんだけど、おまえと会うと大学出たてのテンションになっちゃうよな」

「何も変わらないような気がしちゃうよね」

太っちゃんは満足そうに頷きました。

しゃっくりが止まったことに、私は気がついていました。カウントダウンされていく残り時間のイメージが湧いて私は早口になりました。

「覚えてる？　最初に福岡に行ったときのこと」

「おう。覚えてるよ」

それなら何も言い足すことはありませんでした。私たちの中には、あの日の福岡の同じ景色が、営業カバンを買いに行けと言われて行った天神コアの前で不安を押し隠すことも出来ず黙って立ちつくしていたイメージがずっとあって、それが私たちの原点で、そんなことは今後も、ほかの誰にもわかってもらえなくてもよかったのです。

「太っちゃんさあ」

「なんだよ」

「死んでからまた太ったんじゃない？」

おまえな、ふつーねえだろ、と言って太っちゃんは笑いました。

初出

勤労感謝の日――――「文學界」二〇〇四年五月号

沖で待つ――――――「文學界」二〇〇五年九月号

著者略歴

一九六六年東京生まれ。
早稲田大学政治経済学部卒業後
住宅設備機器メーカーに入社、二〇〇一年まで
営業職として勤務。
〇三年「イッツ・オンリー・トーク」で
第九十六回文學界新人賞を受賞。
〇四年『袋小路の男』（講談社）で
第三十回川端康成文学賞、
〇五年『海の仙人』（新潮社）で
第五十五回芸術選奨文部科学大臣新人賞、
〇六年「沖で待つ」で第百三十四回芥川賞を受賞。
他の著書に『イッツ・オンリー・トーク』（文藝春秋）、
『逃亡くそたわけ』（中央公論新社）、
『スモールトーク』（二玄社）、
『ニート』（角川書店）がある。

沖《おき》で待《ま》つ

二〇〇六年二月二十五日　第一刷発行

著　者　絲山秋子《いとやまあきこ》
発行者　白幡光明
発行所　株式会社　文藝春秋
〒102－8008　東京都千代田区紀尾井町三－二三
電話　〇三－三二六五－一二一一
印刷所　大日本印刷
製本所　大口製本

ISBN4-16-324850-1

絲山秋子の本

イッツ・オンリー・トーク

引っ越しの朝、男に振られた。やってきた蒲田の街で名前を呼ばれた。ひと夏の出会いと別れを「ムダ話さ」と歌いとばすデビュー作

文藝春秋刊